來

我心聽聽

暴雪降下的聲音

藍朗

如果在現實中，我還是逼於無奈

要說些謊，但願，我在我的詩裡

終可暢所欲言，不用自欺與欺人

真，也許就是最具詩意的一首詩

　　　　　　　　──藍朗

目錄

【序】

我希望你記得，你還有……
你還有一些不朽的過去
足跡裡你有如詩的極光

凝不成　你喜歡的眉目
展不成　你迷戀的筋骨
——〈幻覺動物〉常石磊／林憶蓮

像一生等你　像一生等你
可否講我知
你的感覺也跟我一樣
——〈再生戀〉林振強／林憶蓮

序 1．有些禍，躲不過

戲院不開了

而人間的爛劇
續演

27.6.2021
10.3.2022

註 1：讀詩人蔡仁偉〈世界〉一詩後有感
註 2：疫情期間，電影院曾長期關門

序 2・綿羊

綿毛再度被削那天
你不能言的痛
最後化成咩的一聲

17.7.2023
28.7.2023

註 1：讀《詩控動物園》後有感
註 2：原刊於《創世紀詩刊》

序 3 · 同溫層

你也看到嗎？
雪幾乎下足一整年
抖動的人間
被凍傷的我

你也曾難過嗎？
當無頸雪人圍起圍巾時
因清醒過度
凝聚的苦痛

你也曾慟哭嗎？
當不雪之城滿佈雪人時
我忽爾明白
雪就是人間

拂袖前　用你的手暖我
如果此刻雪崩的　非你

27.12.2020
3.3.2021

序 4 · 我害怕自己只能繼續這樣活下去

我不知道
一直被風侵害的花
會否有復生的勇氣
我不知道
一直被雨打濕的人
能否繼續維持人型

正如我不知道
一座被腐蝕著的城
能否有重生的一天
正如我不知道
一個瀕臨滅絕的星球
到底有否復甦的一天

我只知有時候
我連自己的瓣也接不住
我只知更多時候
我更害怕看你飄落
在你最需要我時
我卻早已摔成爛泥

我害怕終於發現
在每次睡醒以後
我們仍陷於荒漠
我害怕終於發現
原來你只是我夢中的落花
而我不過是靜默待斃的旱草

我是多麼害怕知道
雜草蔓生的不是別人而是自己
我是多麼害怕知道
你離開我完全是因為我的凋零
我是多麼害怕看清
原來以後我只能一直與影終老

19.7.2023
11.9.2023

序 5 · 雪中鳥

有時候你棲身枝頭
有時候你步履平地
途上盡覽過的崩壞
彷彿把你生來的翅
都染成人性最深的黑

當世界如網羅張開
滿地盡現拉弓的手
敗葉與枯枝都像你
內心此刻最深的慌
黑夜給暴雪持續撕開

一身毛羽時而像你
時而像人擅長的謊
亂世如斯神在哪裡？
才讓未朽之木都朽
未被墨化之雲都化

純真如你誤墮塵網
頹垣敗枝頓成點綴

彷彿人間再無一夢
再無吐納之善惡樹
但雪花終不能掩飾淚

當雪驀然從外到內
當樹頻塌人不知羞
當下的你還能怎樣？
難道不是以翼迎哀？
難道不是以歌抗命？

我深深知道你的憂鬱
是不能痊癒的六角形
但此刻人間頓成北極
如果一刻他終離你而去
我希望你記得，你還有……

你還有一些不朽的過去
足跡裡你有如詩的極光

15.12.2021
6.5.2022

註1：原刊於《野薑花詩集》

【第一章】善惡果・黑白

我願以我點滴慈悲
贖回你心無盡荒謬

豐滿的獸夜的心
發霉橘子翡翠綠
完美的墜落的邀請

活過來又快成灰
火舌舔著炭的黑
正確被錯誤吸引
——〈魅惑〉李焯雄／林憶蓮

1 · 蘋果

我把鮮艷留給世界
我把真心還給自己

3.2.2023

2．燈泡

花光一輩子
試著做好一件事
雖不如晨光完美
但還是慶幸自己
曾照亮過那一小撮魂

29.6.2022
13.10.2022

3・路燈——致那些仍為世界點燈的人

未滅的橘
是迷途者之火焰
是絕望人的聖光

8.10.2022
11.9.2023

4 · 戀人

你是雪景下之溫水
也是雪地上之暖陽

16.10.2022

5 · 怕醜草

我很抱歉
世界總給
敏銳細膩的你
帶來過多傷害

粉色夏花，是你
最值得獲贈的嘉勉

17.5.2023
15.7.2023

註：「怕醜草」是「含羞草」的粵語說法。

6 · 人禽之辨新論

「無惻隱之心，非人也；無羞惡之心，非人也；
無辭讓之心，非人也；無是非之心，非人也。」

—— 孟子

從前孺子將入於井
有人不禁心生憐憫
但那是從前

今天墮進去的是我
有人竟在貼文下
投下一枚笑哈哈

22.12.2019
23.5.2022

7・顛倒

上升的煙圈
經層層轉化
幻化成霧
如景如氛
如蒙太奇

與瘋漢言
鴉毛乃白
啞啞成歌
實無大異

如果人間此刻
註定失序如煙冒
胡鬧如鴉、如戲
我願以我點滴慈悲
贖回你心無盡荒謬

15.1.2021
30.7.2021

註：此篇為外琨塔藝術生活中心 2021 年舉辦的活動「他們那首有
　　愛的詩」首篇參展作品

8・美麗的罪過

單純而漂亮的鹿
竟會惹來獵槍

7.10.2022

9·生而為人，我不妥協

一對共生過的蠟燭
白的不幸率先被燃
黑的竟可咨嚙雙手

盡視人間扭曲破敗
遙遠孤獨的太陽竟
不怕犧牲甘續自焚

怕冷怕虛空的野花
當遊人反覆離棄卻
堅持夜深以美抗惡

累積的困惑，在人間
爛透的此刻忽爾頓悟：
世界歸零；而你偏一
生而為燭，我不妥協

15.1.2021

5.2.2022

註：原刊於《創世紀詩刊》

10 · 當你仍置身這殘忍的世界

醒醒吧

曾經盛放的你
世界已成一株
常忘了開花的
長春花

（還是你一直
害怕承認？）

當你發現一觸
即掉的是花
得意忘形的是
啃葉的蝸牛

活下去吧
即便你累壞了

10.9.2021
註：原刊於《野薑花詩集》

11 · 刺蝟

即使我渾身
長著短而密的刺
遇害受傷都習慣
把自己蜷曲

但我還是
那麼期待
有天你會給我擁抱
有天你會說我可愛

17.6.2022

12 · 擇善固執

有人問詩人詩句之意
他留給讀者自行體味

4.4.2022
6.4.2022

13．詩人的阿 Q 精神

有位詩人曾這樣說：
永遠得到較少讚的
就是詩

我說：不要緊吧！
詩不需讚數的肯定
詩不需大眾的肯定
詩更需要自我肯定

而我明白
有些讚一直藏得很深
有些讚一直只在心裡按
像我們決定牽手偕老時

28.2.2023
27.4.2023

14 · 詩是我的救贖

憂傷之時，詩是墨色的寂靜
裡面有漣漪微動的湖
有殘月和我的倒影

26.3.2023
28.3.2023

15 · 白蘭花

在紛繁的世事中
你竟認定了我
並把我捧在你
流淚的掌心之上
儘管我殘缺如斯

惟願齷齪的塵世
沒輕易把你折毀
惟願乳白的花色
能讓你重拾芬芳

如果生命的瓣數
終需有限，我願
把我此生殘存的
溫柔，餘香
都留給你

6.4.2023
10.4.2023

註 1：白蘭花另有別稱「白玉蘭」
註 2：特以此詩獻給所有愛護我、珍惜我的朋友。

16‧可能讓你很意外的 POINT

新詩之所以還有個新字
全因我們每天都有新傷

25.5.2022

17 · 在這道德淪喪的人間

有人流連色慾世界
有人放棄尋求公義

如果你還正迷戀
詩後殘餘的信念
你大概是得了病
在這道德淪喪的人間

31.1.2023
10.3.2023

18・如果誰知道

如果雲知道
這裡比黑更黑
它會更白嗎？

如果花知道
人間比醜更醜
它會更美嗎？

如果風知道
我心比傷更傷
它會為我輕奏
催淚詩一首嗎？

如果你知道
我心比碎更碎
你會更想哄我
暖我抱緊我嗎？

22.7.2022
31.3.2023

19 · 差距

你以為你的詩
是寫實派
但不，有人說
是抽象派

也許，在各自的
平行時空中
你心中的霧
你詩中的雨
你魂魄的雪
根本就無派無別
有的只是無病呻吟

4.3.2023
15.7.2023

20 · 你快樂嗎？

每回擱淺
會否有人問
你快樂嗎
你心情好嗎
我不知道
我只知道
無人給的浪花
你要送自己一朵

我們都知道
活著常常是海
蒼涼如潮
重如頑石
甲板、浮木、浮床
一直都離我們很遠
不把晚霞偷掛窗邊
你的日子會很難過

水手離散
船長遠航

你的座標亦不幸消失
但童心黃昏你不能丟
救生圈你更也不能失
你知道的，這一堂
關於生命的哲學課
誰也沒有蹺課的可能

每回擱淺
會否有人問
你受傷了嗎
你遇溺了嗎
我不知道
我只知道
無人問你你好嗎時
你別變擱淺將逝的鯨魚

5.5.2023
11.8.2023

21・螢火蟲

光是你
對抗世界的武器嗎？

抑或在漆黑中寂默發光
就是你的生之本義？

13.10.2022
16.7.2023

22 · 霓虹燈

別忘了，你的初心
總能照亮某時某地某人

2.5.2023
3.4.2024

註：讀亮孩《詩控城市》後有感

23 · 老招牌

懸浮著的老舊靈魂
有人恨不得將之拉倒
在這面目全非的城市裡

6.3.2023
2.5.2023

註：讀亮孩《詩控城市》後有感

24 · 鋼琴

即便誰欲漆彩雕花
也註定是徒勞的吧
只有堅守黑白分明
琴音方能鏗鏘入魂

16.10.2022
5.5.2023

來我心聽聽暴雪降下的聲音

25．我寧願自己是根小小的蠟燭

當人間漸如永夜萎靡
每個尚未蒼老的黃昏
每根尚未熄滅的蠟燭
你會更願意珍惜麼？

處身漆黑中，但願
我是根小小的蠟燭
以熹微之光暖己亮人
把那些高高在上的
把人看扁的星體
都逐一唾棄

24.7.2022
16.7.2023

26‧如果他們的良心仍在

小時候
大人都教導我們
不要說謊
要當個好人
要頂天立地
要懂得分清善惡

長大後
你卻目睹
說謊的是他們
當小人的是他們
背叛自己的是他們
善惡不分的也是他們

成了為荒謬站台的人
他們說是在所難免的

5.7.2023

27 · 期待你和我說聲晚安

一天經歷那麼多傷害
一天增添那麼多傷痕
我那黯淡無光的星球
好像只會變得
越來越黑

在這孤獨的宇宙中
像從來沒有誰，真的
願意停下來細心傾聽
每個走過的人
都像一顆飛過的隕石
來去無蹤

在二十億光年的孤寂裡
我還能期待的就只有你
每夜跟我道一聲
兩聲或三聲晚安
只要你輕輕一說
我漆黑的星瞬即
就有了光，即便明天

黑夜依然是無窮無盡

14.5.2023
26.7.2023

註：讀詩人李豪〈我可不可以和你說聲晚安〉後有感

28 · 你已習慣了雨嗎

你已習慣了雨嗎
當雨不只下在這裡
而是整個世界時
你有找到靜寂的一隅
讓自己乾爽嗎

還是你早已不躲
讓雨代替淚水
讓雨模糊了你的輪廓
完全濕透的你
你還能站得住嗎

雨中相愛對你來說
算是一種浪漫
還是一場考驗呢
當兩個善良的人
有幸抱在一起時
能成一把乾淨的傘嗎

也許你不必再望

這世界的真象好了
很多人是自願走進雨
是自願被雨玷污全身
是自願淋壞自身與影
越看你只會越是心痛

在這極混亂的世代
你知道雨是不會止嗎
在未及離開的此刻
你就打開你的傘吧
護好你自身的輪廓
護好你心所愛的他

22.7.2023
8.8.2023

29 · 愛也無法解決所有難題

如瀕臨分手的情侶
不是你緊抱幻覺
不是你回首前塵
不是你以愛蓋恨
愛情就會像浪般
去了又來

又如已然崩塌之城
並非你欲改變世界
並非你欲捨身拯救
並非你欲以愛身葬
荒原便會回轉成
你夢中的桃花源

又如已然腐壞的肉身
不是你努力吃些藥
不是你努力分了心
不是你盡力行些善
苦痛便會隨即消失
回復嬰孩般健康快樂

又如已被傷破的心
不是你沉溺幾首詩
不是你沉迷幾首歌
不是你迷戀他幾回
你對世界的傷心絕望
便能旋即煙消與雲散

對世界病入膏肓的恨
亦非我被親吻多一回
亦非我被痛愛多幾天
一切就自然和好如初
愛不能平息一切風波
但只要你仍願意抱緊我
或許我仍能以愛憐惜這
可笑可悲又可憐的世界

3.5.2023
11.9.2023

30・世界待你總是不夠溫柔

你想為人間開一朵花
世界卻全力將你拔除
你想為自己添雙羽翼
世界卻全力把你拉回
你想簡簡單單的愛人
世界卻全力丟你傷害
你的花瓣正不斷飄落
剩下的不過老掉芽根

你曾憧憬的仙境
你曾幻想的花海
好像統統都離你而去
睡醒過後的滿身疲累
你一直無法輕易言避
但只要屋簷一天未破
彷彿你就是那個
得學懂感恩的孩子

你那久病未癒的夢
也該是時候闔上花瓣了

當你以為自己可溫柔
對待世界對待世人時
命運卻早已寫下一個
一個不堪入目的劇本
世界每天愛向你淋雨
你該把最溫柔的溫柔
都統統留給沒多少人
懂得疼惜庇護的自己

也許，這世界真的
常常都與你無關
畢竟你的心真是太美了
美得像已然滅絕了的花

3.5.2023
30.5.2023

31·豆腐

不怪你生性如斯純潔
只怪這險惡的人間
常常讓你一碎再碎

11.5.2023
28.5.2023

32 · 我竟沒有更好的命

有些人的命多苦
像是紅筆與唇膏
寫出來的字與句
都像傷口
還在淌血

10.1.2023
13.1.2023

33 · 苦瓜

也許上輩子造孽太深
也許上天太看得起我
今生吐不出的苦澀宿命
我想我真的受夠了

28.4.2023
21.2.2024

34・我看見了

看見人間冰天雪地
看見人間處處崩塌
看見自己心湖結冰
看見自身抖震不斷但
仍看見黑暗遠處有火
看見你偶然注視著我
即使我非可愛如企鵝

27.5.2023
17.8.2023

35・滿懷心事的我

不用擠壓
沾滿污水的海綿
也自會滴出水來

27.12.2022
10.1.2023

36 · 熱檸水

(一)

被歲月無情傷害
喝熱檸水
無糖已成必然之選

10.5.2023
19.6.2023

(二)

熱檸水走糖
火燙且酸澀
似足人生
活過四十的況味

14.4.2023
19.6.2023

(三)

覓近半生，長存於心的酸澀
彷彿從沒半個人懂
只有你，無糖的你
願懂

31.3.2023
19.6.2023

37．花開

看下次花開
也許要多等一歲了
太美的東西都不愛等人

花期這麼短
墜落那麼長
人生，大概也是如此吧

2.5.2023
27.5.2023

38・被動詞

生而憂鬱的藍星花
忽被風吹落了星一顆
終被一溫柔的手撿拾
也被一乾燥的心澆灌

但不幸的是
在某個星期五的晚上
一個被遺忘的被動人
卻沒有誰願伸手拯救

14.11.2022
16.7.2023

39 · 也許你不知道，我是個悲傷的人

從前看動畫
看雨雲苦追主角
狀甚可笑
想不到今天自己
也繼承了悲劇中
持續躲雨的一角

濕透的身心
總等不到陽光
溫柔照射的療程
陽光總是照往他方
照往那些在我心中
已徹底壞透的壞蛋

天持續的塌
心持續的碎
我不知道該怎麼做
方能復得一絲的快樂
我更不知該怎麼逃
才能逃離不絕的暴雨

而我很多的微笑

不過是出於禮貌

不過是用來遮擋

活在當下的尷尬

活在當下的徬徨與不快

這些，也許你並不知道

但你知道嗎

更多的時候

我卻是毫無掩遮

在我不夠堅強時

我只能躲進你內

躲進你為我鋪建的小徑

躲進一片未及下雨的雨雲

人生僅餘的晴天或許如此

28.3.2023

30.3.2023

40‧我要怎麼告訴你我是個絕望的人

我不知道
該怎麼告訴你
我像曠野的草
歷過最淒冷的夜
身心在全濕以後
無人擁抱我的寂寞

像晨間持淚的花瓣
把傷感曝露於人前
卻竟沒那麼一個人
願意駐足細心觀看
如小路銳意延伸的痛
我不知要怎麼告訴你

當我脆弱得
如風中衰頹的枯草
目擊自身蒼之蒸發
思考死亡日漸逼近
這些不夠堅壯之恥
到底我要怎對你啟齒

而當天地猝然顛倒

現實變得乾涸成災

我竟如受牽制的草

迎接旱季卻又逃不出去

比廢墟更大的無奈絕望

我不知我該怎麼告訴你

當我淪為枯黃的沙漠

每天暫靠想你的快樂

來緩解內心荒蕪擴張

這種無法逆轉的抑鬱

到底我該怎麼開口說

我該怎麼告訴你才對

22.11.2022

18.7.2023

41 · 椰青

為了堅守淨白
你竟換來滿肚淚水

10.11.2022
15.11.2022

42 · 蝙蝠

沉溺黑夜
戒不掉倒掛的異類
沉迷觀賞顛倒人間

22.5.2023

註：讀亮孩《詩控動物園》後有感

43・有些人不能算人

心是你葬的
無論你手執玫瑰
抑或清風兩袖
都讓人吐

7.11.2021
6.7.2022

44 · 厭世的池魚

池水越見混濁
未來似沒然後
像生無可戀的納悶
是牠當下說不出的真

23.5.2023

45 · 鞦韆

歲月盡是殘忍
在背後推你的手
總是一再地消失

在起風的日子
就用力晃動自己吧
你適合像蝴蝶般來回飛舞

17.6.2023

46 · 自動門

為你我打開了自己
但你卻如陣風飄過

19.6.2023

註：讀亮孩《詩控城市》後有感

47 · 士多啤梨

(一)

處身這駭人的世界
我早已滿身傷口了
但如我還能給你
絲絲的甜，也許
日子還不算太糟

22.6.2023
18.7.2023

(二)

別以為你傷口滿身
他們便會停止嚼食
沾滿唇邊的血紅
現世有很多人
已不怕流露

28.3.2023
23.5.2023

註：「士多啤梨」是「草莓」的廣州話譯音。

48・愚人節又到了嗎？

我想告訴你
我很快樂
我不寂寞
我沒有病
我是童話故事裡
受人景仰的王子

如果大家想聽的
不過是些謊言
我真想告訴你
這世界也沒有病

14.5.2022

49 · 現實總是令人一再失望

我曾以為地球是圓的
我曾以為人性是光輝的
我曾以為天秤是平衡的
我曾以為對錯是有標準的
我曾以為人類是理性兼文明
我曾以為肯努力的都獲得眷顧
我曾以為一雙手可以扭轉命運
我曾以為人們的笑都是真實的
我曾以為愛可治療受傷的靈魂
我曾以為人類的痛和恨可被磨平
我曾以為人是絕不會被悲傷支配
我曾以為我的存在都基於這些信念

而往後的事
相信不用我多說
你們都一清二楚了
怎樣重新平衡自己
怎樣把被割開的心重嵌
怎樣把心中的怒憤統統帶走
怎樣把苦中作樂借代為生活

怎樣面對那些一錯再錯的人
怎樣在難過當中試著不難過
怎樣在信念瓦解後重建信念
是我餘生必須要學會的課題
是你我餘生必須學會築建的夢

20.6.2023

22.6.2023

50・世界末日怎麼還沒有來？

難道這個世界
還不夠可鄙嗎
難道這個世界
黑白顛倒
還未夠泛濫嗎
末日怎麼還未來襲

怎麼這個世界
先死的好像都是好人
怎也不死的
往往是滿口道德
滿口謊言的妖獸
這是神默許之事麼

如此扭曲的世界
歷史一直被篡改
你信的神被擦掉
你存的念被撕破
活著到底還剩什麼
清醒到底還值什麼

如此可悲的世界
天使被擠進地獄
惡魔褫奪了天堂
當風傳來花香時
怎能叫人不悲傷呢
怎能叫人不絕望呢

醒來的一刻
末日依然離你很遠
世界靜得彷彿什麼
因果也不存在一樣
除了天崩塌的一隅
剛好落在你的頭上

6.7.2022
22.7.2023

51．向日葵

無論我心曾多陰暗
世人卻只愛關注我
發光的部分

21.6.2023
5.2.2024

52・躲貓貓

不論我把身影藏得有多深
希望你還是能把我找出來

像流浪貓的那種孤獨蒼涼
那種永恆的痛我真的很怕

30.6.2023
13.7.2023

53．停車格

歷過幕幕惱人風景
一顆滿佈灰塵的心
彷彿再無想去之地

30.5.2023
21.6.2023

註：讀亮孩《詩控城市》後有感

來我心聽聽暴雪降下的聲音

54．枯枝

(一)

總有些日子
總有些季節
我們憂鬱得
連綠葉都沒有一片

13.3.2024

(二)

冬日的櫻，無花無葉
貧瘠得幾近一無所有
但還是敢於把憂愁
悲傷，赤裸於人前

我是多麼喜歡你
相對這極虛偽的世界

24.6.2023
13.3.2024

55，橡皮擦

有些傷並不會復原
有些夜並不會退散
像用力過度的鉛筆
橡皮擦也無從擦掉

更何況我非橡皮擦
你的筆跡我不會擦
我要讓天讓你知道
人間的黯黑中有你

22.11.2022
23.6.2023

56・旁觀他人的苦痛

一塊葉凋落
你旁觀它的痛苦

一條狗悶在街頭
你旁觀牠的痛苦

一個人在路上哭了
你旁觀她的痛苦

一個人哭訴被傷害
你旁觀他的痛苦

一個人飽受網絡欺凌
你旁觀她的痛苦

一個你認識的人被抓
你也旁觀他的痛苦

整個世界都不公不義
你旁觀著它的痛苦

最意想不到的是
當我哭訴著我的不幸
一堆所謂臉友、朋友
也正旁觀著我的苦痛

22.6.2023

註：讀詩人李昀墨〈旁觀他人的痛苦〉後有感

57 · 說一些你未必愛聽的話

愛，也許不必越愛越深
愛有時候是一把剪刀
會剪開很多恨與苦

詩，也許不必越寫越好
詩有時候只是盞小夜燈
只能不完美地照出一圈

你，也許不該越活越累
你有時不過只是種虛無
是一顆過勞氣絕的灰塵

活，也許不會越活越好
活有時候也包含著死
活中有死死中有活

生活其實常常無法結果
活有時也不比一棵樹好
葉落花開從不追問意義

27.5.2023

11.9.2023

58・我知道面對自己很難

你活得很痛
你想把自己剪開
但你知道嗎
其實再怎麼剪
也剪不出世界
自己喜歡的模樣

你不是紙鶴
卻偏是皺紙
你臉上的皺
寫滿現在和過去
你是寂寞的日記
是無人理解的擦痕

你不是幸運星
幸福與你再無牽繫
你只能看別人幸運
只為別人送上祝福
你的傷痕未及變舊
心事卻已自動更新

你也不會是紙船
船有它憧憬的遠方
你卻只有摺的當下
你沒有另一種活法
沒有遠方可以躲避
你是軟弱無力的紙

你更不是整瓶的心
你的身心早已腐化
透明的壁你敲不破
密閉的天你透不過
而你只有屈曲之狀
你卻只剩紙的宿命

如果宿命已然降臨
請你學會慢慢躺好
讓命在你身上寫字
寫出當下的魚尾紋
寫出過去所有你
試圖剪走的陰影

29.5.2022
7.11.2022

註：原刊於《工人文藝》

59 · 沒有人真的在意你的悲傷

活著原來這樣的
不論現實還是夢
鋸齒都過於茂盛
持續發芽的心事
卻竟沒什麼人知曉

而你明明很想哭
但為了給世間好看
你卻假裝葉脈如常
即使身上長滿了刺
你也不用倉皇拔掉

就像這可悲的世界
明明經已枯黃敗壞
卻總以堆疊的偽翠
極力掩飾
卻又毫不羞恥

故沒有人真的在意
你心到底有多腐爛

你到底因何事凋零
淡褐色的孤獨疏離
定將與天地一直共存

待在被遺棄的邊緣
狂風還正不斷吹襲
在下一次掉落之前
也許你該試著吸收
一刻無風無雨的平靜

30.11.2022
30.6.2023

60 · 當憂鬱變成永恆

原來　有種憂鬱
就像玻璃球中
永恆的冬雪
未來早被冰封

環視四周　彷彿
只剩停生之樹
白茫茫之頂
躲不過災的鹿

受困這失溫之界
內心的諸多不安
團團轉的小火車
原來一直沒有帶走

如果命　註定要下雪
雪人註定要以笑蓋苦
那麼……我的人生
那近乎苟活的餘生
也將必以你的凝視

都給暴雪擦一把火

27.8.2021
2.11.2022

註 1：原刊於《火寺》詩刊
註 2：並收錄於《火寺》年度結集

【第二章】風鈴‧透明

願你的眼仍存火光
願你的靈依舊穩固

雲朵不需要被注視
石頭不追問意義
跌碎了也不會在意

黑豹從不自覺美麗
樹倒下也不可恥
我們習慣自以為是
——〈一呼一吸〉李焯雄／林憶蓮

61 · 頌缽

你還記得嗎？

你的聲聲溫柔
會讓世間復得
一刻的平靜

9.9.2022
30.6.2023

62 · 請找到我

市場上
久未售出的馬鈴薯
漸漸長出了毒芽

30.6.2023
3.7.2023

63・瀑布

容許自己痛快哭泣
或許也是一種美景

3.7.2023

64 · 棉花糖

雲霧那樣輕盈的吻
也許只剩你會給我

在白雪茫茫的此刻

3.2.2023
14.2.2023

65 · 圓規

當我心已在這地破滅
你竟圍著我一直舞動

天鵝湖的舞曲忽爾響起

30.6.2023
18.7.2023

66 · 我們都像一隻枝上鳥

所有人都只關心你

最後你飛得有多高　有多遠

卻沒有人要關心你

到底你唱得有多高興　有多哀傷

而寂寞也不過是在丫枝上獨唱的歌

所有音符都終歸隨風反撲你的耳內

28.5.2023

8.2.2024

67 · 想要你的讚

一萬個讚
近四千次分享
我不在乎
那是別人的事
那是人家的肉

即使最後
我寫的詩
就不足一百讚
我也沒太在意
只要當中有你

20.7.2023
5.2.2024

68 · 我喜歡你現在的樣子

喜歡看你微笑
但更喜歡看你
盯著我時的專注

喜歡看你沉默
但更喜歡看你
誠實說話的光芒

喜歡看你看天
但更喜歡看你
送我雲朵的情深

喜歡看你看海
但更喜歡看你
給我止浪的溫馨

儘管偶然你是
那樣沉默不語
但我還是喜歡你
陪伴著我的樣子

你是這醜惡世界中
寄生我心的梔子花

4.8.2023
11.9.2023

69 · 這個世界總是傾斜的

擁有資源的人
他們畫出了一圈
很多人為爭門票
他們先把腰彎低
然後把頭臚讓人踩
他們笑得像很高興

沒爭資源的我
我給自己畫了圓
我也試圖彎下腰
試圖把圈畫得更大
在外圍燃起蠟燭來
他們卻笑我太瘋癲

畢竟最後要進來的
只剩一二

19.7.2023

70 · 風鈴

為了躲開
張燈結綵的虛偽
為了躲避
無盡荒謬的言辭
你已為自己選好
一個寧靜的角落

即使悶熱的天氣
快要把人間悶死
但你沒有
你還有你的志氣
你還有自己的風向

叮叮噹噹的清脆
此刻你是這樣
餘生也必這樣
在這些虛妄的歲月
你決定用溫柔敲響
一個最真誠的自己

4.7.2023

18.7.2023

71・扶手電梯

扶著我吧
我想把你帶往
你心儀的遠方

18.7.2023

72 · 傘

世界的冷箭不斷
你要把我握好

18.7.2023

73 · 冰淇淋

人間總令我的心
融了又融

但愛對我笑的你
總一而再再而三
把我的淚
小心接住

18.7.2023
4.4.2024

74．酒吧飛標靶

你知道嗎
每當你舉手投足
我心都破了一個洞

18.7.2023

75 · 無岸的日子

在充滿惡意的浪濤中
願我能像負重之船般
浮給你看

19.7.2023
29.12.2023

76 · 我還求什麼？

孤單時
還有一株茉莉守護你
你還求什麼？

寂寞時
還有一首愛歌撫慰你
你還求什麼？

悲傷時
還有一首好詩擁抱你
你還求什麼？

絕望時，還有
這麼一個你陪我賞花
我還求什麼？

18.7.2023
11.9.2023

77・心中的花

我們的心
都曾各自
憧憬一朵
開得燦爛
趨近完美的花

而那完美的花
不幸正衰頹
花蕊都落下
只剩下枝條
只剩下不完美

而當花偏離了夢緣
但他仍願呵護著你
你該知道了吧
所有不敗的花
都叫做愛情

18.7.2023
5.2.2024

78 · 限時動態

每則限時動態
不過就是我
一刻的海角
謝謝你曾關注過

假如把每朵浪花
都一一合起來
那就絕對不只
是某一隅的我

我知道的
那個願意關注我
所有限時動態的人
此刻仍處身於天涯

20.7.2023

79 · 我想和你一起坐上一列開往森林的火車

當世界不願放過我們時
我們就應先放過自己
我多想和你一起跳上
一列開往森林的列車
從凌晨開往日出
再從日出開往花徑

我們從緩慢中發現
車頭車尾正互相對視
轟隆轟隆的節拍聲中
我們像回到夢的裡面
夢裡我們調整了身心
蒼翠撫平了靈的顫動

等待旭日初昇的一刻
我們的心是如此寧靜
但同時卻又如斯顛簸
日出緩緩升起的那刻
我們讓雲霧浮起身軀
我們把無語還給世界

雉的忽現使我們狂語

神木之雄令我們咋舌

海拔二千多公尺的山

此刻彷彿由我們獨佔

森林步道中就只剩我們

只剩我們手牽著手漫走

生活常常都像連場酷刑

當世界不願放過我們時

我們應選好一列火車

把森林重新還給自己

把呼吸重新還給自己

把美夢逐一還給自己

27.9.2022

1.8.2023

註：記 2023 年難忘的阿里山之行

80・你知道嗎，我寫的詩裡其實常常有你

親愛的
你的生活
仍舊被浪包圍著嗎？
你仍會為外頭的荒謬
而憂傷不平嗎？
你仍會為昔日的美好
消逝而氣憤難平嗎？

親愛的
你知道嗎
我的天空仍舊大雨
我的心湖依舊泛濫
比如往昔迷過的歌手
比如往昔戀過的情歌
崇拜過的先輩長輩
珍惜過彼此的友好……
如今都一一消散了

親愛的
即便日子是如斯艱難

但你有被風浪捲走麼？
你有否變成一個一個
既複雜又深邃的隱喻？
你有否變成撲朔迷離
讓人心煩的難懂意象？
你還有把詩意放心上嗎？

親愛的
你知道嗎
即便詩寫是如此難下筆
但我仍願把浪轉化成詩
仍願把擱淺轉化成漂流
但如果真的有這麼一天
我的詩已不再湧動
但願你仍舊會記得
我的詩裡經常有你
我的憂慮裡常常有你
我的快樂中常常有你

19.7.2023
29.7.2023

註：原刊於《野薑花詩集》

81．層次

有人為求銷量
遂轉攻分行文字

有人為求詩意
以年月沉澱自己

有人為求順心
出版兩本後絕筆

8.4.2022
9.6.2022

82 · 專注地做你自己

就避開那些
無謂的人吧
你只需專注
做你喜歡的事

好比一隻蝴蝶
用牠短暫的命
徘徊在花香旁
只為採集詩意

5.7.2023

註：原刊於《創世紀詩刊》

83・檸檬

請你別把自己
當作怪物看待

即使你天生有
獨特的鮮艷
獨特的味道
獨特的靈魂
如詩的催淚劑

天早註定你要
遠離很多凡人

7.7.2023

84・方包

原來越是純真潔淨的
世間便越愛唾棄、懲罰你

願天不忘憐憫邊緣外的你

7.7.2023
4.4.2024

註：「方包」是港式叫法，台灣叫「白吐司」

85・傷心一直在生長

傷心難過之日
越見繁茂，畢竟
平常人能做的事
現在我竟越覺艱難
虛弱像是一根
快要枯竭的野草

如此陰翳的日子
除了抱著病床
抱著傷心的詩
到底我還
剩下了些什麼？
我的忘憂草到底在哪？

而每當你前來探望我時
我竟空洞得像一大堆雜草
一無所有，卻又什麼都有
原來，你就是我所冀盼的
雨後艷陽與晴空，如果
可以的話，我想借你的光

走出人生的每道巨大黑暗

14.2.2024

4.4.2024

86 · 詩是什麼？

一首詩就像一部微電影：
一朵帶刺的花正慢開
瓣上有蝶正吸吮露珠
露珠內有顆晶瑩的淚
淚中有一顆亂世的
罕有甘露

8.7.2023
29.12.2023

87 · 但願你不用再取悅別人

當最盛的花也被無視
當浪漫的雨也受唾罵
當脫俗的歌也被輕看
我不願再為了取悅別人
連人生都讓人妄下定義

我要像雲那樣定義自己
我要像花那樣淒美純粹
為真理寫詩
為自己
為你

23.4.2022
6.6.2022

88 · 你是我此生離不開的詩

親愛的，你知道嗎？和你共處時
我便無法寫詩，但寫不出也罷
畢竟，詩有時太過宏大
有時候我只想和你談些
無關重要的瑣碎事

比如說從前旅行的糗事
昨晚無聊卻又可怕的夢
或是我們明天該去哪間
餐館該試什麼樣的新菜
諸如此類，這精煉如詩麼？

複雜的意象、艱深的比喻
我們不要再提了，好嗎？
現實已有過多的難懂
我只想和你到海邊去
在夏陽的礁石上聽風、聽浪
看貝像屁孩般棄筆耍廢
看沙代我們寫一刻
即永恆的簡單詩篇

28.4.2022

9.6.2022

註 1：讀詩人羅泰柱〈今天的約定〉後有感

註 2：原刊於《創世紀詩刊》

89・多麼感激你

一路走來你雖看見了
一月忽然盛開的水仙
二月花瓣多的山茶花
三月準備報春的櫻草
四月純真無邪的丁香
五月爭妍鬥麗的牡丹
六月鮮見果實的白蘭
七月含劇毒的夾竹桃
八月花香濃郁的茉莉
九月方才開花的桂花
十月還在念暖的雞冠
十一月愛陰涼的蘭花
十二月擅傲雪的梅花
但你竟然還看到了我

13.8.2022
7.7.2023

90 · 如果你終於原諒我們

「寧可失去一百個印度，也不願失去一個莎士比亞。」

——邱吉爾

遠方的你，你可會原諒我們？
原諒世界當初不試著了解你
原諒世界當初不懂得欣賞你
原諒世界曾無情地把你逼瘋
原諒世界拒絕讓你做愛做的事
原諒世界沒容下如此美好的你

天上的你，你可會原諒我們麼？
原諒世界不懂你對橙黃的偏愛
原諒世界不懂你對自然的崇尚
原諒世界不懂一刻即永恆的高尚
原諒世界曾丟你時不我予的無奈
原諒世界無視你知音難求的遺憾

天上的星，請你原諒我們好麼？
原諒我們來不及探索你的星夜
原諒我們來不及趕走麥田群鴉

原諒我們來不及呵護你的向日葵
原諒我們來不及珍惜你的自畫像
原諒我們來不及還你割下的左耳

如果我們終於來到你的星夜漫遊
如果我們終於常在臉書為你點讚
如果我們終於懂把你的畫變三維
如果我們終願爭相搶購你的大作
如果我們終於試著追求你的境界
天上的星，你會真的原諒我們麼？

如此刻一個愛畫畫的年輕人罷畫
如此刻一間書店終捱不住要結業
如此刻一間出版社終於也要倒閉
如一位詩人終敵不過寂寞而擱筆
如果接下來擱筆的，是我
星啊星，你可會原諒我們麼？

24.3.2020
17.8.2023

註1：看電影《梵高 永恆之門》後有感
註2：原刊於《野薑花詩刊》

91・請滋潤我

再美的花
也離不開雨
和泥的滋潤

請你別離我太遠

13.7.2023
23.7.2023

92 · 爆米花

為了得到你的愛

本來如此小的我
要學會膨脹自己

10.7.2023

93・想念

夕陽才剛歸家不久
月便開始坐立不安

月亮的心思　我懂

10.7.2023

94 · 牽絆

如果時日是眾花的羈絆
那麼工作定必是詩人的羈絆

如果寫詩也算戀愛的牽絆
但願在構思一首詩的時間裡
我可專心一意地
想你

19.9.2022
10.7.2023

95 · 第一時間

每當我獨自看見
天上奇美的雲朵
我都會想摘下來
第一時間讓你上座

每當我獨自聽見
樹上天籟的鳥語
我都會想錄下來
讓你立即臨場細聽

每當我獨自聞到
園中奇特的花香
我都會想私訊你
立即讓你神魂顛倒

每當我獨自悲傷
孤單地對花語淚
我都只想你像雲
像鳥像花香般立即　　　　　　　　11.7.2023
飄過來抱我，可以嗎？　　　　　　28.7.2023

96．把一切都刪去，只剩……

一首長長的詩
也許
是不必的

把冗字刪去
把歎號問號
逗號與句號
都一一刪去

只保留一個字：
「愛」本來就是
一首　最富詩意的詩

10.7.2023

97・你不在我旁時

你不在我旁時
即使龍船花開
黃嬋開得正盛
櫻花開得更盛
我的心也是枯萎的

如此孤單的日子
看雲朵漸飄漸遠
看陽光漸漸昏暗
看泥土漸漸變乾
也看自己漸漸變薄

28.7.2023

98 · 兩個寂寞的人相愛

一隻透明玻璃杯
獨立桌上，漸漸
感到自己滿身塵埃

一罐密封蘋果汁
獨站桌上，漸漸
感覺自己窒息難耐

當天意讓兩個
寂寞人混在一起
一杯香氣滿溢　誘人
非常的果汁驟然而生

11.7.2023
13.7.2023

99．謝謝你愛我，即便是如斯的我

活在城的中央
不論晴天雨天
我都是乾燥的
像缺水的盆栽
但陽仍持續蒸發

丟落的瓣遍地
姿態越來越難看
漸漸發覺生活是
一場一場的旱災
我必須竭力對抗

後來連抗衡的力
也漸趨完全枯竭
我是如斯的殘破
生活以痛吻醒我
我是無花葉的枝

在我如斯凋零時
在我不愛自己時

你卻願意給我水
給我庇蔭的屋簷
給我活著的理由

夕陽把我染得發黃
在我不愛世界之時
我卻無法不再愛你
故謝謝你仍然愛我
即便我是如斯的我

12.7.2023
25.7.2023

100・我想跟你活在平靜裡

讓外頭的荒謬
繼續荒謬
讓外頭的失控
繼續失控

萬事萬物
都像空氣
有乾淨的
也有骯髒的

願你有天
學會抽離
不再苦苦探詢
更不要苦苦詰問

願你有天
活得像樹
不害怕黑
更傾向光明

像晨露一樣
讓自己透明
像雲霧一樣
變得更輕更薄

緩緩的風
是我們的所有
微微的光
是我們的一切

如果我們餘生
必須領悟什麼
我願以一盞
平靜的心燈
把你燃亮

12.7.2023
18.8.2023

101 · 蠟燭

那點點的堅壯，是源自
你血色的傷心與憤恨嗎？
所以你才決意像星那樣
在幾近絕望的夜空中
予人盼望與方向

燃亮過別人的心燈，但願
有人會記得你　和你的光

18.10.2022
8.2.2024

102．你所謂的歲月靜好

——「你所謂的歲月靜好，不過是有人替你負重前行。」

暗黑時而插穿我們
樹枝時而插向夜空

全因世間一直存在
某種靜默發光的人
某些寂寞負傷的夜
我們方能偶遇星空

27.4.2022
11.2.2024

103 · 黑咖啡

別因一己天性而沮喪吧
我相信　最深沉的憂鬱
也會有人期待品嚐

12.7.2023

104・溏心蛋——獻給憂鬱的人

別只緊盯我沉鬱的臉吧
假如你願細心觀看
最令你意想不到的
是我那顆柔軟無比的心

14.7.2023
31.8.2023

註：讀亮孩《詩控餐桌》後有感

105・樹懶

處身一切快來快逝的人間
我願以慢活、慵懶和嗜睡
拯救自己

10.7.2023

106・你的時間都耗在哪裡？

傳說
每個人的背都
各自馱著一個
隱形倒數沙漏

謝謝你曾
那麼專注
看我
看你的那個

遠方一大詩人
沙漏靜止之時
我們在精品店的
迷你沙漏前虛耗

26.3.2022
11.7.2023

107・你活成了不倒翁以後

這些年來
難道你不累嗎
你活成一座山
不曾山泥傾瀉
不讓沙石滾下
不讓泥土乾涸

我知道你不過想
把日子塗上翠綠
為自己開一朵花
於是貧瘠後你又
重新努力地生長
像那頑固的老翁
跛腳後仍未覺痛

我知道你已很努力
為人間帶來了美好
讓世間得到過啟示
但你自身的福祉呢
和你丟失過的昨天

真的那麼不要緊麼
你自身的搖搖晃晃
怎會不是一回事呢

你應該早已知道
不論你有多堅強
不論你有多固執
天災人禍總避不過
人間的塌更躲不了
也許現在正是時候
放寬你自己的身與心
對抗積存多年的巨獸

別固執如那老人吧
別把老命都拿去拼
該倒下時你就倒下吧
該疲憊時你就疲憊吧
允許自己崩塌如雪山
允許自己傾瀉如高山
世上從沒不倒的巨人

13.7.2023
29.11.2023

註 1：卞和為了讓大名鼎鼎的「和氏璧」被人賞識，不惜受刑，左右腳分別被不同君王砍去後，仍堅持把真理告訴別人的精神感動了文王，讓他最後贏得了「不倒翁」的讚譽。

註 2：日本的「達摩」亦常被人稱作「不倒翁」。

來我心聽聽暴雪降下的聲音

108 · 風格

有人問小孩
你畫的畫
是什麼風格呢
小孩張口無語

有人問畫家
你畫的畫
到底是什麼風格
畫家答是抽象派

有人問我
你寫的詩到底
又是什麼流派
我也沉默不語

因為這是我的風格

28.7.2023

109 · 像我這樣的落櫻

心，終像一場櫻花雨般
滂沱落下，沒有綺麗
只有粉紅色的孤獨
且不曾染紅過春

呆呆佇立的我
美似已被徹底掏空
在這殞落翻騰的春
我的孤苦，醒後竟不知去向

輸光一切的無奈，不知最終
有否如瀑濺到你腮邊
還是你跟他們一樣
愛把傷當風景來看

關於感傷的春，關於生命的
持續流逝，當他樹都
欣欣向榮時，那些痛
我怎能輕易對你言說？

當飄落覆蓋著人間，當惡疾
也持續包圍著我，脆弱的心
也不禁懷疑，在命的深淵裡
我已不值得再被誰細心呵護

當落櫻形成了一場繽紛，當
歲月堆出了層層苦楚，當我如
瀑一樣傾瀉下來時，我只想問
你會留下來陪我麼？你會麼？

13.7.2023
31.8.2023

110 · 願

世界時而漆黑得如
困密不透光的黑房
教人疲累得想
完全放棄掙扎

但躺下的你
你可知道嗎
你美善如光
天下人正為你禱告
為你各自打開了窗
為你重燃心之燭火

願你的眼仍存火光
願你的靈依舊穩固

29.7.2022

註：寫在 MIRROR 2022 年演唱會發生嚴重事故之後。

【第三章】觀夜・沉黑

親愛的
你知道嗎
我的天空仍舊大雨
我的心湖依舊泛濫

為你我受冷風吹
寂寞時候流眼淚
有人問我是與非 說是與非
可是誰又真的關心誰？
——〈為你我受冷風吹〉李宗盛／林憶蓮

111 · 宿命論

鉛筆有它暗黑的命
烏鴉有牠不祥的命
燈泡有它破滅的命
連神也有奪命的命

但停歇的螢火蟲
也有牠關燈之時
漆黑的你也該有
遠離悲傷的片刻

7.4.2022
27.7.2023

112．當暗黑一直蔓延

像一隻被困窗內的蜜蜂
越是被困，牠越是渴望
飛出誘人的窗外

像一個被困黑房的凡人
越是被困，他越是渴望
走近透出的光明

像一個被荒誕困鎖的城
越是荒謬，人越是渴望
守護發光的真理

14.12.2023

註：原刊於《野薑花詩集》

113．有一種人註定會暗自發光

小星星，
你不必刻意擠進人群裡去，
你有屬於自己的安身之處，
你有你自己天然的舞台，
你不必懼惡低調的天性，
也不必懼怕難逆的渺小，
因你那晶瑩剔透的淚珠，
在漆黑中，自會閃閃發光。

3.9.2023

註：原刊於《創世紀詩刊》

114 · 書籤

對比他物，我知道你
有意細顧的對象
從不是我

16.7.2023

4.3.2024

註：讀亮孩《詩控城市》後有感

115・夾娃娃機

差一點就被緣份夾中
又是寂寞荒涼的歲月

29.5.2023
5.10.2023

116．孤獨的感覺

擱在檯上的蕉
久未被人撫摸
長出一身老人斑

8.3.2023
27.7.2023

117．但願有人會記得你

像那曠野的玫瑰
歷過寂靜淒冷之夜
捱過淚珠滿瓣的晨曦
熬過無人知曉的時光
但依然堅定地為人間
寫下首首溫暖的詩篇

原來只為觸及
心中冀盼的陽光
與不可褻瀆的蒼穹
但願有人會記得你的美

14.12.2023
11.2.2024

註：原刊於《野薑花詩刊》

118・我心有一本滿載心事的詩集

我心有一間漆黑的房
角落有本黑色的詩集
詩句中暗藏著一些秘密
與場場不曾停歇的雪

而歡騰的氣氛都在外面
華麗的燈飾正為他人而亮
我像怪物般的黯黑之身
正長出一首一首淒冷的詩
心反覆被活埋時
皆無人知曉

在這雪落不停之末世
原諒我沒有晴天、白雲
發光的詩句可還你
那本滿載心事的詩集
即使裡面正生著火
但旁邊卻常常只剩我一個

24.12.2023

4.3.2024

119・逃

" Louder, louder, And we'll run for our lives
I can hardly speak, I understand
Why you can't raise your voice to say"
──〈Run〉Leona Lewis

在我寫成一首詩以後
或再一次錐心刺骨後
希望你會忽然告訴我：
你希望跟我逃往別處

逃到百花盛放的阡陌
逃到百鳥高唱的枝頭
逃至大鵬展翅之野外
逃至哭笑自如的一隅

那些本應盛放的花兒
那些本應高飛的鳥兒
那些本應微笑的雙眸
我實在已經不敢再望

當昔日經已全然消逝
當樂園經已變成廢墟
當靈魂經已逐一枯乾
我們還留在這裡幹麼？

除了這裡哪裡都好吧
我不要再看花兒凋落
不願再見你羽毛遍地
不願再在詩裡語欲無言

14.10.2023
10.1.2024

120 · 葬心

如果雨後還只能是雨季
如果世界全不像我預期……

讓我先把臉上的雨抹掉
讓我先把全破的心埋葬
我不願再看破窗繼續裂
我不願受苦人繼續受苦

如眾人犧牲後還是如此
如崩壞後還只能是崩壞
我懇求月光繼續細聽我
細聽每顆淚背後的激憤

如果雨後還是沒有虹彩
如你跟我還是一樣傷心
我們一起逃離這淒冷吧
逃至發光的星河裡暫靠

我想和你在月夜下盡情
我想和你在月宮中起舞

我想跟你在月亮前擁抱
那裡我們盡情哭笑怒罵

如果世界只能夠是這樣
如果人間也只能是這樣……

27.10.2023
6.11.2023

121 · 甜甜圈

你嗜甜的童心
終被現實
鑿出一個大洞來

13.7.2023
1.8.2023

註：讀詩人蔡仁偉〈甜甜圈〉後有感

122 · 港島線電車

也許，人不一定總是
強逼自己不斷前行
偶爾停駐過往
其實也很不錯

就像某個無聊的午後
我一個人從筲箕灣出發
而前行的電車
其實並沒有真的前行

撩動我的，是一種
脫節與老舊的情懷
亦是那個美麗的從前
我記得當時，世界
和我還未淪落至此

9.11.2023
4.4.2024

123 · 蝸牛兩首

(一)

當世間的崩壞過於急速
我卻允許自己躲開陽光
躲開人群，像一副
與世界為敵的模樣
然後暗自緩慢前進

29.11.2023
27.12.2023

(二)

你踽踽獨行，全因
天給你的所有試煉，重擔
都只負在你的肩上
世上似沒同理的人

13.2.2024
4.3.2024

124 · 仙人掌

插滿一身的刺
但你依然沉默不語

彷彿你是命中註定
不被理解
不被抱擁
只待被遺棄的一個

苦盡甘來的綠洲
是你難以相信的未來

7.6.2022

21.8.2023

125 · 受傷這回事

一個人一座城或全世界
的傷勢，也是如此嗎？

石頭剛被拋出去時
有人喜歡聽它噗通一聲

但當石頭沉底以後
無人會再關心它的然後

11.12.2022
27.12.2023

126・每當我跟別人說心事時

受傷了的湖
噗通的呻吟
只換來天地
靜默的回應

在這片彷如
無人的曠野
就只有蟬在旁自嗨
牠正叫個沒了沒完
像要丟我一堆訓示

4.7.2023
5.2.2024

127・金枕頭

當你美在那些人的心
但也醜在某些人的口

15.6.2022
4.8.2023

128・西番蓮

不管你十指如何奇美
世上總有人不認識你

23.6.2022
2.8.2023

129 · 有些人就是不想別人過得好

世上有人有種病
就是不需要理由
就是見不得人好
你千辛萬苦
才能敞開的花瓣
他們都沒興趣看

他們想看的是你
像含羞草般被逼
長久閉合下垂後
掉絕情谷的萎靡
或許只有這樣
他們才能躲起來
盡情地笑一陣子

2.8.2023
28.11.2023

130．夢的葬禮

原來，即使我們
被困於暴雪之下
仍有人愛渲染陽光
仍有人愛迷信艷陽

原來，即便是劊子手
仍會被膜拜成某英雄
彷彿一場不止息的雪
就只聚落在我的噩夢

原來，即使雪崩連場
我們也依然無能為力
漸漸我們內心的瘡孔
便比雪更難收拾與面對

活著是如此累人，原來
心雪明明早已不勝負荷
我們還得依然微笑待人
依然得笑說我並非雪人

原來，只要撒足夠的謊
世界仍可勉力繼續運轉
彷彿世間不曾被雪侵害
彷彿我們不曾不適著涼

原來人間真的如此可怕
當我死在夢的彼端以後
我只能書寫很絕望的詩
或連由衷地寫篇悼詞，也不行

原來當雪把夢活埋以後
染紅了的雪也只能沉默
沉默得像什麼也沒發生過一樣
外面飄著的原來只是浪漫的雪

28.12.2023
21.2.2024

131・失眠夜

從外滲入的光線
倒映在天花板上
我眼睜睜的看著它
把我困在這苦痛的人間

12.1.2024

132・海螺

滿殼的濤聲
與結聚的沙石

誰懂？

28.11.2023

133・某地的圖書館

那些太過寫實
太銳利傷人的
統統都被下架了
比如我愛你但我
也想偶爾孤獨的
這類藏針的幹話

但比如我們結婚後
從此便過著幸福
快樂的生活這種
經悉心杜撰的
孩童式的屁話
卻陸陸續續上架了

13.1.2024
26.1.2024

134 · 如果你決定愛我

來當我的海
給我救生圈
讓老是下沉的我
學會浮起來吧

來當我的燈塔
給我提示與方向
讓老是迷失的我
偶爾看見光，好嗎？

來當我的小島
給我暫靠呼吸之隅
讓老是疲憊的我
好好歇一歇吧

但請你就是
別來當我的浪與雪
別讓我偶爾的平靜
忽又顛簸下去，好嗎？

15.1.2024

26.1.2024

135 · 拍拖

好不容易寫成的詩集
你在讀過一遍兩遍後
便丟進二手市場裡急售

16.8.2023

註:「拍拖」為粵語口語,即「談戀愛」之意

136‧如果風終需把美好的都帶走

如果，風終需把美好的你帶走
但願臨別前，風中傳來的花香
和飄散在回憶中芳草之馥郁
會把你重召回我身邊，畢竟
你是我此生夢過最美的風景

4.12.2023
26.1.2024

137・風去風來

那些甘願
把你錯過的
就讓它隨風去吧

撲面而來的
是如花般清新的風
是如詩如畫的白雲

趁風來之際
先降降溫吧
放下你的恨怨
放下你對世事的不解

1.11.2023
2.3.2024

138 · 間尺

畫吧，你只需
聽命與屈服
畫一條直線
走所謂的正路
他們是這樣教你的

你不用細想
有沒有別的方法
有沒有更好的明天
世人都是這樣走來的
他們用這種口吻教訓你

畫吧！畫吧！
像個乖孩子般
把靈魂抽走再畫出來吧！
世界需要直線
曲線太壞了
你知道嗎？

至於那些因走歪路而快樂的

那些因厭倦了安全的無味
也活得很成功的人
他們不想讓你知道
他們也不會讓你知道
孩子，你知道嗎？

17.11.2023
22.1.2024

139・荔枝

那是你必須承認的一切
活著是難過的

晶瑩如你；溫柔如你
世界卻不曾憐惜美夢
丟你滿身的火
害你長滿一身
尖角和尖刺

你的淚如露如珠
你見證過春暖花開
見證過枝葉繁茂之日
也見證過同伴被現實
殘忍剝開的可慍可悲

而你的心漸如冰雪
滴出之淚甘酸如醍酪
活在如此難耐之世代
難怪不過四五天後
你的色香味便已盡去

夢與現實終難二合為一
就像核與果亦終需分離
活著是殘忍的
那是你早已知悉的一切
旁觀如我最後只能勸你：
別太難過

23.7.2023
5.4.2024

140 · 倉鼠

生活好像總會叫人
越活越迷惘
後來我們漸漸忘了
何以總愛強逼自己
活得像倉鼠一樣累
在滾輪上不絕的跑

也許我們都曾
被誰刻意誤導過
不論生活還是愛情
閒下來的都是魯蛇

如果活著註定是累
願我能累得
像一隻倉鼠般
在你佈置的天地下
可不斷忘我的
愉快狂奔

5.7.2023
25.1.2024

註：「魯蛇」一詞是網絡用語，是「loser」的音譯。

141 · 我想和你分享我的黯黑

幸福與不幸
我都深深體會過
煙火生過的花火
和消逝過後的空寂
他們都不曾理解

漸漸地
我學會了珍惜語句
學會了不隨便對人
掀開我深深的傷口

而我內心所有煙霞
與難再綻放之黑夜
卻仍然攤在這裡
等你以耐性聽我細訴
等你用溫柔將之撫平
在這杳無燈火之角落

10.11.2023
4.3.2024

142 · 每次有人勸我別沉溺傷悲時

也許你不信
湖泊，其實
亦曾奮力
不興波瀾

後來的內傷
全因望月時
魍魅還在
瘋狂投石

8.2.2022
22.2.2022

註：原刊於《火寺》詩刊

143 · 你的日子是這樣的

誰能料到
你的日子是這樣的：

有人一直製造烏雲
把雨倒在你身
把雨衣搶走
把傘都踹爛

然後天氣報告說：
今天天晴

25.1.2024

144 · 你的臉書是這樣的

希望別人看見
自己作品的人
如海邊細沙

願意花時間看
別人作品的人
卻如海內明珠

27.1.2024

145 · 不只網絡生態

彷彿蘋果照鏡

完好的一面，入鏡
被咬的那邊，躲開

21.2.2024

146・很多人都把你當透明

你是透明的杯
你是透明的水
不論你清澈
還是染塵都
沒什麼人在意

漸漸地
你把所有路人
都變透明玻璃
你無視他的冷
他無視你的傲

在某個炎熱下午
一個極口渴的人
竟不理一切
把透明的你
一飲而盡

28.7.2023
6.11.2023

147・很多人並不在乎他的詩

他以晝夜切出詞句
他以歲月譜出詩歌
但世界視他彷如微塵
如被人加害的螞蟻一隻
逃至狹窄的書房裡藏身
一直書寫一個人的傷一直
書寫世界的種種惡意傾瀉

被世界奪去了溫暖
和重要的文學獎座以後
那些圍爐取暖的人遠去
剩下他那一文不值的針線
剩下他窮得一無所有的怒
漸漸他習慣了一個人打火
在某些太傷心太孤獨的夜

其實很多人曾安慰他說
待你死後，或許有人會
開始慢慢賞識你
故此刻仍受盡冷風的他

很多人甘願一次一次錯過

不管他痛醒多少個晚上

不管他有多少失眠的夜晚

有時候他會暗自懷疑

自己是被世界切割的一角

被遺棄在無人的詩世界內

流著眼淚，是為了感受孤獨

是為了代蒼生知音流乾眼淚

但如此貧窮的志願，或許

寫與不寫，都與世界無關

其實有時，他自戀得很痛

痛心那些詩集一直在賣

痛心他的詩變成了一片

最廉價無人認購的反光玻璃

痛心那些心血被說成是偽雕塑

痛心靈魂被評為是似有還無的淚

即使他試著以命譜出首首誠懇的詩歌

2.11.2023

4.3.2024

註：原刊於《野薑花詩刊》

148・我願你能長命百歲

你的魂
早已被黑影吞噬
你適合夜間出動
如嗜黑的蝙蝠吸血鬼
但即使撒夠一百個謊
你也不會貿然就變天使

我願你能長命百歲
也願你忽然便折翼
墮在一睡不起的病床上
聽著雷聲敲破你的心臟
看著愛人逐一離開你後
再讓你含淚遇見於轉角
守候多時的閻王然後看
自己幻化成永恆的惡魔

願神亦賜你不休的審判

11.8.2022
27.1.2023

149．我不知道我的消失會不會有人在意

在寫過幾百首詩以後
原來我並沒更愛這世界
也沒有獲得完美的治療
那個專屬我的雨季
彷彿永遠不曾消逝

其實我的傘早就破了
當雨堅持把我淋濕時
漸漸我不懂原諒世間的錯
我只願把世間顛倒的罪人
忽爾被倒塌之樓狠狠壓死
正如他們也習慣把我逼瘋

但我知世事與我漸行漸遠
世界亦漸漸變得與我無關
漸漸我只想躲到屋簷下
躲到不曾暴雨的房間
躲到只有你的心坎裡
躲至無人的一隅裡療傷

我已不能活得過於清醒
清醒不過是連場的豪雨
總愛把人淋得體無完膚
我只想讓那麻痺的心
漸漸消隱於黯黑之中
漸漸移近我心中的詩

當世界決意把我丟棄時
我只想把自己留在原地
看你修補眼前這把破傘
看你修補我天上的星星
這夜在你離開這裡之前
我想再好好感受一下
你對我的一點點在意

28.12.2023
4.3.2024

150 · 好想消失的日子

對我來說，活著很難
要活得好，更難
每次有人問我好嗎時
我像立即變成了一面
丟失了心的牆

一面任人塗抹的牆
一些任人歪曲的詞
任時代宰割的缺口
彷彿已痛得無知無覺
有時我想消失於人前

但我不想為了得到呵護
隨意把裂紋展覽於人前
隨意把塌陷都讓人鑒賞
有時我寧願都不哼一聲
讓累倒了的人也來依靠

而那首埋在我心
傷痕早已滿瀉的詩

有時我真不想再唸了
反正憤恨打壓總無休無止
有時我想變成被消音的牆

世間的好壞都與我無關了
何謂對錯何謂貪生與怕死
往後統統都彷彿與我無關
我只想呆呆看天看地聽海
無無聊聊和你又虛耗了一天

或許，我還想跟你談的是
我心中完美堡壘的模樣
我們之間如泥如沙的軼事
再談在這段消失於世的日子
到底如何我們才能活好一點

4.12.2023
17.3.2024

來我心聽聽暴雪降下的聲音

151・當人生載滿悲哀時

羨慕有些人
總是在看山、看水
看花、看雲、聽雨後
便不藥而癒

而看山非山
看水非水的我
怎麼才一個轉身
就旋即看見煉獄一座

22.2.2022
8.8.2022

152 · 蝴蝶

當他們期待看你飛舞時
誰料此刻你竟墜落於地

13.2.2024
21.2.2024

153・好人壞人之別

某天我像忽爾明白了
好人較早死
壞人較遲死
的真正奇因

好人就像天
天一旦髒了
會痛得哭泣
而壞人是地
地一旦髒了
卻毫無羞恥感

13.11.2023
24.2.2024

154 · 世上還有像人的人嗎？

把天說成天
把地說成地
這樣的常人
原來已經不多

把負說成正
把恨說成愛
這樣的異形
原來已經大量繁殖

把足削去
把毒流出
如此的匍伏
如此的蛇妖，不幸地
剛剛又再孵化了出來

25.6.2022
9.8.2023

155・評論這回事

夜闌人靜時
即便風鈴輕輕搖動
亦是擾人清夢之噪音

10.3.2023
27.2.2024

156・在我難過時請你不要鼓勵我

難過時
如遍地枯枝
旁人的勉勵
與所有安慰
都像歌鳥聲
與你根本互不相通

然而
那些沉痛的詩
往日無聲的悲詞
卻輕輕道出了你
道道最隱微的傷口
那是讓人感到釋放的針刺

27.2.2024

來我心聽聽暴雪降下的聲音

157・當昔日的樂園經已盡毀

即便，花圃是一樣的
滑梯，鞦韆是一樣的
蹺蹺板亦是一樣的，但
追球逐日的小孩被迫離散
而我們亦非隨心高唱的小鳥

披在我們身心的，是日暮
在老樹上，我們斷腸，鴉毛遍地
漸漸，連悲痛聲也顯得沙啞非常

30.11.2023
5.4.2024

158 · 我知道你很難過

我知道你很難受
你的日子亦很難熬
像歷盡無數黑夜
飽經風霜雨露的野花
無法言痛，且也毫無解藥

每天逼在眼前的
是自身信念的磨蝕
是人事持續的崩壞
是蒼穹塌崩的悲愴
但當中最令你窒息的
是朵朵被壓毀的花，包括你

漸漸，陽光與雲似與你無關
世事的深度亦與你再無牽繫
你問：誰又真能留得住春色？
誰又真的躲得過世間的豪雨？
誰又會把眼前的你輕易遺忘？
誰又會把遠方的影緊緊記住？

到底，生命還有什麼值得期待
還有什麼值得失落呢？

闔眼，花瓣仍在紛紛飄落
而我們正一起衰老，惟願
荒唐之世終沒把你擊倒，在花開
花落間，當我們忙於心靈的整頓
忙於為活著再尋覓理由時，但願
我還能看見你，在某時某刻
正在享受難得的片刻的晨曦

23.2.2024
13.3.2024

159．人生是一道最難走的路

人生，原是一道最難走的路
我羨慕有些人擁有輕鬆的鞋
擁有矯健強壯的身體
而我的路卻越走越黑
空氣亦漸見稀薄
肩上重擔卻從未卸下

我羨慕有些人總是走在陽光裡
羨慕他們總是知道怎樣活下去
我卻懷疑神早已被氣絕
而我是一面正塌陷的牆
變成一無是處的沙礫
暗暗死在窄巷裡

但不論我有多厭世有多絕望
總還有高山等著我攀
還有深海等著我去潛
我不能像孤魂野鬼般只懂怨
彷彿命中註定你是山
就得背起風背起沙背起無數的土石

或許，我不能只羨慕別人過得好
我要守住自己未壞的中心
還要向一己圓心一直內移
直至我學懂了與孤獨為伴
直至我逃離了這無光之墟
直至尋得我遺失掉的光與影

人生，原是一道最難走的路
而這世界還是這麼醜怪時
很遺憾，原來我仍須很多
很多的努力

6.2.2024

5.3.2024

160 · 其實你絕對值得善待自己

你從黑夜歸來
沾滿一身昏暗
但他們只跟你談晨曦
說些一直發光的語句
生怕你會沉淪下去

但你其實早已下沉了
即使那顆靜謐的藥
又一次成功壓住你
手術過後的短暫痛楚
但你內心蔓延的夜呢？

人生本是一本最難寫
最孤獨的日記本
哪一天陰霾；哪一天日曬
都統統鑽進你心坎內
並常沒有解藥

而那些敲醒眾生之夜
抗擊世間黑暗的詩歌

你早已透支了自身的命
寫過一首又一首
如果你累，你就躺好吧

你對世界的黯已沒太多虧欠
但當世界虧欠你太多時，也許
你便值得好好的對待自己
你更值得抱緊夜色下那個
總是眼淚心裡流的自己

30.12.2023
13.3.2024

161‧我當下的狀態

奔馳已久的電動車
終需關掉風景
關掉導航
暗自充電與喘息

請勿打擾
即使此刻天崩地裂

6.3.2024

162 · 廢井

全因對世界絕望了
你把自己縮窄
藏匿得像一口
不見天日的井

但落葉、唾液、死水
卻不曾把你遺忘

每場雷雨傾盆後的憤恨
委屈，你已無處可訴

偶然而來的陽，像是恩賜
而你滿腹的深邃，污穢
卻只能待天一點一滴
緩緩蒸發

13.11.2023
18.3.2024

163 · 在漆黑的城市裡

即便路人如常走過
即使烈陽如常猶在
但你心中的腥風血雨
在雨停後仍舊斜雨紛紛

當城的霓虹全熄以後
我像受困於一座萎靡的森林
但當你忽然向我的夜
向我小徑徐徐走近時
壞掉的街燈彷彿又再重新
亮了起來

6.11.2023
5.4.2024

164 · 也許我們都曾經歷過這樣的事

也許曾有那麼一件事
就像千噸炸彈
把你過去的樂園
忽爾炸成無望的廢墟

也許曾有那麼一首歌
就像萬能膠水
把你墜地之心瓣
忽爾黏合成如花的模樣

也許曾有那麼一首詩
像雲朵那樣
把你心塵都淨化了
卻又忽爾濕了你的眼角

也許曾有那麼一個人
就像靈丹妙藥
把你潛藏的虛空都修理好
把你已逝的一生忽然活化了

30.1.2024
16.3.2024

165・一

一隻蚊又被打死
一男孩在父權下哭泣
一女人在妊娠間問生之本義
一孤者在粉碎時友伴皆轉身
一堆謊言在今晨被瘋狂漂白
一面旗幟在烈風中肆意飛揚
一工人的黃昏正被血夜蠶食
一素民在夜空下撰寫悔過書
一書店被無形之火一夜燒光
一病患者正為藥費張羅多夜
一位追光逐日者也漸見拉黑
一首詩在夜海悲痛抽泣至死
一朵日日春在深宵萎靡凋謝
一個人在絕望之夜竟奮力求生

11.3.2024

註：原刊於《野薑花詩刊》

166 · 肥皂泡

我用盡力吹出了彩虹
薄膜，但一瞬之間
風把所有的夢
都歸零了

28.5.2022
15.3.2024

167 · 像你這樣的蒲公英

分手前的那個擁吻
分別前的那次親密
像是那麼真實
卻又那麼虛偽

一瞬之間
你像一陣殘忍的風
不留慈悲地把我吹散
任我在痛苦中隨風飄散

多年以後，一次重遇
知道你依然隨風翻滾
久久不能復生
久久未能抓緊一片土地
我的心，是多麼的涼快

9.3.2020
16.3.2024

註：原刊於《乾坤詩刊》

168．天氣冷了，我在想你

天氣冷了
你穿得夠麼？
你有憑藉想我
來替身心取暖麼？

這城市很冷
世界也在下雪
原來天大地大
要找個暖的角落
也這麼困難

手變得冷
我正幻想把它
放在你的臉頰上
活著也很冷
但你卻是城內
我唯一的火把

此刻我正回想著
某天因一次禱告

而得到你的

這一種溫暖

15.11.2023

169・有人會在那邊等我嗎？

在彼端朦朧的夢裡
我彷彿曾見過你的臉容
你輕輕的從我身旁擦過
如風擦過葉那樣輕盈

你是在那裡等我嗎？
但怎麼你卻離我遠遠的？
是你在等我走出難過嗎？
是你在等我流光眼淚嗎？
請原諒我我手中只有
難以消散的濃霧一團

夜色漸見深濃
惟獨你的眼神閃爍
當你哼起輕柔的歌聲
我心頭竟泛起無盡漣漪

你還在那邊等我嗎？
怎麼你卻像山後夕陽
一直那麼遙不可及？

是你在等我盡訴禁語嗎？
是你在等我漂白夜色嗎？
抑或你在等我修好自身傷感？

即便時間匆匆逝如流水
但我還一直在這裡等你
等你以最從容之步
等你以最無害的眼神
等你以最溫暖的雙手
緩緩向我遞上油紙傘一把

而無論有沒有人在等
我仍在無盡的時光中徘徊
仍會在人生的風煙中守候
等你從夢的彼端徐徐步近

27.7.2023
8.4.2024

170‧如果此刻同時有人想起了我

是很傷感吧
為信念而寫的詩
終未能拯救世界
世界反願一直引爆
身上還未爆的炸彈

是很難受吧
腦交戰沒一刻停止
總是試著平靜的你
被雙雙無形手操弄
身心久久不能自控

是很憂鬱很難忍吧
當遠處井被人炸掉
當近處氧被人搶走
滿街都是囂張的魘
城裡盡失躲藏之隅

是很不知所措吧
當你一直尋找快樂

快樂卻越找越流失
不懂自欺欺人的你
在廢墟裡要如何活呢

已很絕望很窒息吧
明明是人類集體的痛
此刻竟變你一個人的苦
炮火又再冒起的此刻
誰又會想起你呢？

如此亂世，誰還有閒情逸志
想起正極力隱藏傷勢的你？

3.11.2023
26.3.2024

171・梳打餅

卸下了浮誇的巧克力
回歸最舒服乾淨的自我
有些人會喜歡你

18.3.2024

172．寂寞

野草披著眾夜風雨
即使面對近在咫尺的人
也言不了痛
翠綠是它給世界的回答

23.3.2024
26.3.2024

173 · 哀傷但真實的故事

他又得獎了
圍爐慶賀的人
如傳說中的銀河
有多不勝數的星

而前來安慰的
像黑色童話裡
沉鬱的夜空中
只有孤星一顆

但年復年後，我們
都不復是誰的故事
我們都是被黑洞吸走的
某個星球裡的某一顆星

18.3.2024
26.3.2024

174 · 時鐘

一點一滴溜走的
不是你腕上的時間
而是我的心跳

18.3.2024

175．大雪紛飛的此刻

雪花，非花
雪，太慘白了
雪人，非人
雪，太無情了

我，非我
當大雪紛飛
當你不再愛我
當雪已不止於雪

27.6.2022
20.3.2024

176 · 過去、現在與未來

「記得早先少年時／大家誠誠懇懇／說一句是一句」

——〈從前慢〉木心

從前是一部動人的詩集
裡面的真誠是真誠
簡單乾淨的語句、結構
不經掩飾的情意
我們都曾敢乘風而去

現在卻是一本悲情小說
裡頭的真是杜撰的
複雜繚繞的內容
令人憤恨、疾首的情節
但我們都不敢痛罵一聲

未來像一齣災難式電影
裡頭有外星怪物的來擊
有地震天崩雷頻的平常
更有人魔合一的倫常
但明知絕望如斯

我們還要一直努力前行

9.8.2023

26.3.2024

177 · 腎友的戰鬥

每天的爭戰，原來不復是
抗衡世間傾盆的荒謬
而是你有否抗衡食慾
有否抗衡萎靡，有否
在絕望中定時為自己
開一朵花

19.3.2024

178 · 如果下一秒鐘我死去

生命可短如一秒，或
短如數月，化成炊煙
有如當時他只及推出
首本著作而來不及出版
那雲霧深鎖的詩集，最後
竟也來不及跟我說再見了

這彷彿一陣春雨暴雷
警醒著我，不忘趕及
為這荒謬醜惡的人間
為草木不斷塌拽之世代
寫出首首根深葉茂的詩歌
而非只為種種遺憾而遺憾

如下一秒鐘真要讓我飛去
我會僅懷一點羞恥騰雲駕霧
遠觀這人間日月星沉
觀賞著人間自甘墮落
俯瞰我冷若冰霜的詩集
然後把愛恨還給人間暗自冷笑

如果下一秒鐘我已飛抵月宮
我會求告月亮把一抹暖光
射你窗前再以輕煙般的手
把你的淚點點滴滴抹乾
讓你他朝可慢慢重溫我
在詩集裡留你的美蝶花香
直到有天你在月宮中把我抱擁

19.8.2023
20.3.2024

179・我是不是還未夠好

我是不是還未夠好
為什麼我用盡了力
把自己變成詩變成意象
依然沒人把我抱緊
依然沒人讚我可愛

我是不是還未夠好
為什麼我定時吃藥
定時治療，把自己好好澆灌
枯枝依然沒法長出花
寒冬依然沒逆轉成春

我是不是還未夠好
為什麼我傾盡全力
把自己擦亮成一盞檯燈
社會依然這麼黯黑
世界依然那麼腐敗

我是不是還不夠好
為什麼我用盡全力愛人

愛己，把自己溫熱成一根蠟燭
但雪花依然降臨我身
而快樂依然背我而馳

我是不是還未夠好
為什麼我如此努力生活
把自己盛放如野花一朵
但我依舊躲不過貧病
生活依舊離不開風雪

神啊，求你告訴我
這當中的一切一切
是否全因我還未夠好？
所以你要責罰如此的我？

4.8.2023
8.4.2024

180・他們都不了解你的悲傷

你曾幻想的恐怖
如今都換成了現實
而你心中眾多哀痛
正隨逗號不斷延伸

那些走在陽光下的
總是不斷訕笑你
笑你不能畫上句號
笑你披著一身問號
笑你拈著滿身歎號
不管你已身心疲累

當那些不代表你的
卻肆意替你說這道那
你便深深明白有些雨
一旦畫上了開引號
遂沒有關掉的可能
但誰會在意你的斷句呢

是冒號分號抑或破折號

你都甭跟他們解釋了
再說下去你只像一首
傷心過剩的煽情詩
允許自己躲到一隅
允許自己哭成深海
也許這樣就夠好

你的悲傷，根本從來不是
一個那麼輕盈的省略號

3.8.2023
19.3.2024

181 · 我的憂傷從未好過

睡醒前後，霧氣聚集
越來越害怕照鏡害怕
憶記夢境稀薄而厚重
害怕衰老；害怕臉容
像平常那樣持續消散

害怕世間對錯持續模糊
害怕明明洗過熱水澡但
心還持續寒冷害怕疲倦
害怕裂紋擴散害怕餘生
不見霧散不見恢復彷如
背後那生不如死的牆

害怕悲傷最終泛濫得像
濕像霉害怕連詩連神最
終也拒絕承載我的咳嗽
害怕轉身你已隨煙而去
害怕在這荒謬的人間
最後只剩 我的顫抖

5.8.2021

25.6.2022

註：原刊於《人間魚詩雜誌》

182 · 曾經，你在這裡

曾經，你在這裡
我們各自打開
如一盆雅樂之舞
那時我豈會料到
幽暗的隧道還未穿越
黃葉遂已飄搖墜落，不止
我把身影曝露陽光下
卻單薄得不能再單薄
窗櫺上的灰塵
在一陣風後向我靠近
我越是著急清除一切
一切反如枝蔓植根我
身上，如擴散的病
不知毀掉多少時光
手裡再也握不著什麼
除了水，還是水
在緩緩吞下之際
我想竭力憶記
最後一次見你時
那種毫無芥蒂的微笑

15.7.2020

註：原刊於《聲韻詩刊》

183 · 越大越孤獨的你

宛如抹布一塊
抹過自身灰塵
抹過窗櫺上的垢
明白世界是被燒灼的
隕石顆粒

漸漸，你
背負太多黑白真相
背離那些眼蒙白布
誤信無塵方為活的人
你的扭曲是多麼累人
你的存在是多麼骯髒

髒得人不願撫摸你
髒得人立即想丟棄
故你曾問我生是什麼
我說生是破爛的髒布
當世人都說塵抹不完
而你還在堅持

醒在一個滿佈塵埃
潔白非潔白的清晨
即使有人把你清洗
晾乾，你的心瓣仍
如毛粒一樣靜靜脫落

故你不用懷疑孤獨
孤獨，不過是一種宿命
一種你賴以為生的信仰

16.6.2021

註：原刊於《野薑花詩集》

184・迷茫中的一點反思

想睡的時候你只能醒著
醒著目擊一切紛如葉落
你的人生，過去與憧憬
彷如年邁的鬢鬚懸浮半空
久未如根抓緊安穩的土地

一場彷彿永無止盡的憂鬱雨
落在你樂觀不了的頭顱上
落在你抽不了菸的手指上
而你只能瞪目觀看每片落葉
如何由瞬間枯黃變成
不被憐憫的焦黑

眼前一切把你推送迷宮裡去
園中盛開的櫻花更讓你迷惑
林中愉快耍雨的孩子們
也讓你感到無盡鬱悶與焦慮
你不禁猜想，明天再度來臨時
你到底是否還被困在迷宮裡呢

但如果春櫻在黑夜中丟失激情
九重葛在暴雨中沖洗了熱忱
那麼這醉如爛泥的人間
往後往後到底還剩什麼
可讓內心堅持善良的人
好好依靠；好好膜拜

如果你在陰暗中已忘記了清醒
如果你在泥濘中已忘記了乾淨
如果你在殞落中沒有好好過活
好好做夢，如果你沒像落葉般
保持憂傷，如果你沒像樹一樣
保持挺拔和風對抗，在這嚇人
的夜色下，你又是否甘願
讓黯把你吞噬，一片一片

7.6.2022

註：原刊於《吹鼓吹詩論壇》

185．這翻不了身的人間

人類播因如種
拒納成災的果
拒自省之覆轍
害你心中青鳥
此刻不再隨心而飛

毛一根根的掉
暮一點點地消
你對世界的恨
總是讓你看不清
哪裡還有透光的門
到處盡是磨人的籠

面對疫化的日常
久常圈圍的感官
你伸不出的是雙手
無奈脆弱而慚愧的你
終淪為習慣逃躲的鹿
綠蔭是你最後的天堂

在這仁慈又冷酷的世界
即便你只想靜靜茹素
或只叢林間覓伴求存
也沒人真的為你在乎
你剩下的是多少里路
死神急尋的是逃鳥

這幾乎翻不了身的人間
誰也不用過份細想活著
到底還存什麼意義
疼惜與你觀陽的伴
守護自己未掉的角
原諒自己的倖存與
不幸在無處安心的
亂世自愛是你的草

15.11.2021

註：原刊於《創世紀詩雜誌》

186‧當人間淪落至此，而城中的你……

當人間淪落至此，或者
你再也不必強逼自己
當一艘接近無休的船
遠方可能已非遠方
但遠方的浪還是浪

時日顛簸如浪花四濺
把你鏽蝕成破銅爛鐵
遺憾你還得於海中飄
飄至忘掉自身身在何處
飄至魂不知是有抑或無

當你落魄如負傷的船員
無以為繼得如拋錨的船
雲朵縱鬱卻又不響一聲
在欲言又止的擁擠之城
你竟反復痛失療傷之地

當妥協的空間你已盡失
零散的夢亦持續被撕奪

你漸漸明白最好的時光
都不在他朝的海市蜃樓
反是心中偶爾平靜的海

在往後對星辰的詰問中
請你記得偶然放過自己
像海邊那喜歡冥想的鷺
像園中那痴迷無聊的客
讓花縫補你心源源的腐化

只恨人間再無一平靜的岸

18.3.2022
7.4.2022

註：原刊於《創世紀詩雜誌》

187・與人相處時的我

苦苦苦苦苦苦苦苦苦苦苦苦苦
苦　　　　　　　　　　　苦
苦　　苦苦苦　　苦苦苦　　苦
苦　　　　　　　　　　　苦
苦　　　　　苦　　　　　苦
苦　　樂　　　　樂　　　苦
苦　　　　樂樂樂樂　　　苦
苦　　　　　　　　　　　苦
苦苦苦苦苦苦苦苦苦苦苦苦

8.2013

1.9.2023

188．城內的月光

「紅眼睛／幽幽的看著這孤城／如同苦笑擠出的高興」
　　　　　　　　　　　　　　　　　　── 黃偉文

我求告月
如果你是夜裡
最後的一盞燈
請你照亮這城吧

照亮城中失望的人
照亮城中沮喪的魂
照亮所有丟失童話的
照亮所有正在自責的

我求告月
如果你是夢裡
最後的一點火
請你照亮這可笑可悲之城吧

照亮城中不幸分開的人
照亮城外被迫離散的人

照亮城內滿心痛恨憤懣的
照亮城內滿腦疑惑不安的

我求告神
如果祢是人間
最後的一把尺
請你照亮這傾斜的世界吧

不論他還是她
請祢照亮堅持行善的
請祢照亮徹底迷失的
請祢照亮不再快樂的
請祢照耀絕望了的魂
也請祢溫暖我心深愛的他

28.7.2023
8.4.2024

189 · 誰還愛著你的靈魂？

醒在滿身疲累的清晨
命運早已寫下了定局
我已懶得向世界解釋
我心中撲面而來的浪
和那遙不可及的星晨

彷彿一隻小舟，飄浮
心中注滿豐盈之海水
淚中盡是藍色的海洋
在忽明忽暗的日子裡
我幾近放棄夢的追尋

沾滿一身波濤
我已失去太多海貝
我也失去眾多的旅伴
像是丟失了舵的船長
往後不知該航到哪裡

一趟披星戴月之旅
我嚐盡了人生的顛簸

也嚐盡了人世的滄涼
像極某個灰色飄流瓶
總乏一個願意收下的人

天空依舊蔚藍
但我的命經已發黃
如一盞將滅的夜燈
到底，誰還願意靠近我？
到底，誰還願意愛我的魂？

但假如今天
你仍願意當我的船槳
仍願意跟我一起划船
因活而生的所有漩渦
我想我會甘願默默承受

7.7.2023
19.3.2024

註：讀席慕蓉〈苦果〉後有感

190．有時，我真不想再活下去了

偶爾不想活的時候
偏偏我卻活了下來
我多想每次睡醒後
抱著的並不是孤獨
而是你

想要一本美麗童話
裡面有我裡面有你
裡面我們不用低頭
裡面我們勇敢相愛
沒有歧視沒有掩遮
裡面我們可把夢想變成真

想要一本寫不完的簿
裡面寫著愛我的人
裡面寫下種種回憶
裡面寫著回憶的重量
裡面寫下來不及道別的人
裡面寫下了他們在天國的模樣

想要一顆靈藥

治好我的悲傷

治好你的悲憤

治好我和世界的距離

治好世人的滿身罪孽

治好世界不被拯救的墮落

想要一支靈幻的筆

寫下一顆永不消逝的太陽

寫一朵永不變灰的雲給你

寫一個美好的結局給我們

寫一個滿載公義公道的社會還我

寫一個黑白分明的大同世界還你

而我最不想要的

卻是那顆止痛藥

我不要在連場噩夢以後

明明已經很厭世不想活

但偏偏我卻活了下來

31.3.2024

8.4.2024

【第四章】聽雪・雪白

如果誰還在天邊輕輕呼喚我
我是不願那麼輕易轉身離開

雲朵不需要被注視
石頭不追問意義
跌碎了也不會在意
──〈一呼一吸〉李焯雄／林憶蓮

其實我知
並沒有芬芳一輩子的情
沒有根的感覺仍舊說聲
願共你分享一輩子心情
燃燒我 令我心中的野花
更盛
──〈一輩子心情〉林夕／林憶蓮

191・耳機

你總欲避開俗世的喧鬧
但耳機內的吵
是你自甘墮入的寧靜宇宙

1.7.2023

25.7.2023

192 · 海星

不論你是否發現我
喜歡我，但天
早已予我星之評價

23.3.2024

193 · 早鳥

對晨鳥來說
蟲是一種需要
但詩歌和遠方
卻幾乎是牠
活下去的理由

31.3.2024
8.4.2024

194．白駒

一匹折翼的白馬
受困於雪地
窒息於陽間
牠只想趕回夢裡　飛翔

31.3.2024
2.4.2024

195・不粉碎的石頭

人間，總愛丟給我們
一次一次劇烈的震動
但願我們都能堅如頑石
不甘示弱，不願屈服
不願被風雨隨意打磨

8.4.2024

196．氫氣球

(一)

你是自由的
別被一根線牽扯吧！

31.3.2024

(二)

當我奮力把自己注滿後
如你還不懂及時
把我捉緊
我會飄走

17.2.2023
17.6.2023

(三)

有時候
我只想掙脫一切束縛
無悔當一隻遊魂野鬼

11.5.2023

27.5.2023

㈣

比遠方更遠的遠方
也許就是我
必須去的遠方

19.6.2023

31.3.2024

來我心聽聽暴雪降下的聲音

197 · 風信子

有人說：愛情
好比粉色風信子
總是那麼的芬芳
總是那麼的易逝

但我說：情愛
或能敵過時間
或能敵過浪漫
花枯以後，可幸
我們的餘香猶在

13.2.2024

198 · 白嬋

你是美麗的
你是芬芳的
你不用和誰爭妍鬥麗

好好守護自身
潔白、芬芳與花瓣
你就是五月來的天使

19.9.2022
31.3.2024

註：「白嬋」另有別稱「梔子花」

199．但願我的初心猶在

兩隻青蛙
不慎落入絕望小溝

恨怨的甲
忽爾在歎息中暴斃

遺下的乙
遂更奮力朝光躍動

30.7.2023
10.9.2023

註：原刊於《吹鼓吹詩論壇》

200 · 你還記得嗎？

當生活與噩夢相依
你還記得要把日子
活得靠近了夢嗎？

當世界與黯黑為友
你還記得要把日子
漂得像雲般白嗎？

當別人與罪惡為伴
你還記得要把人生
過得像詩般美嗎？

當我選擇與詩為伴
你會願意偶然把我
放在你心頭之上嗎？

4.8.2023

2.4.2024

201 · 你仍在堅持做對的事嗎？

當他們輕易折枝時
你卻惜花；

當他們遺棄毛孩時
你卻撫牠；

當蝙蝠飛入黑暗時
你卻擁抱陽光；

當他們解剖愛情時
你卻惜緣；

當他們把你當野草踏時
你卻挺起胸膛；

當整個世界如花萎靡時
你還正堅持澆灌自己嗎？

3.4.2024

202 · 徒勞卻又美好之事

你別說這是勞而無功吧
即使你不過原地打轉
甚或不斷被逼往後退
但至少你還一直掙扎
一直在黯中負傷前行
北斗一直是你心的指向

只要你仍迷戀著星斗
仍舊痛恨污穢如野風
這已非徒勞無功之事了
你看，園內的清潔工呀
正用掃帚掃呀掃掃呀掃
只為驅走心中不絕的落葉

這正是徒勞卻又美好之事

5.7.2022
13.7.2023

203 · 請恕我偶然還是會躲起來

如果春的翠葉嫩芽尚在
如果噪鵲仍願為寂寞喊痛
如果誰還在天邊輕輕呼喚我
我是不願那麼輕易轉身離開

即使此刻內心雜草蔓生
即使此刻淚是似有還無
即使此刻人群裡是多麼喧嚷
也請你用溫柔輕喚我的名字

你或在凋落的花道上發現我
你或在暗動的荷池裡復聽我
你或在堅實的石頭中惦記我
畢竟我曾執意把體味過的陰與晴
都寫進詩像西番蓮那樣常懷憧憬

如果某天你只能繞圈而行
如果某天你只能孤獨決堤
如果有天你對世界恨如洪水
我想我會為了抱你而重回潭心

只要你願意輕喚一聲我的名字

14.4.2022
25.10.2022

註：原刊於《人間魚詩生活誌》

【後記】

　　又一個四年了，為了完成第四本個人詩集，我又耗盡了人生的四年。

　　回想起來，曾經，我猶豫過，前面出版過個人「城市」詩集三部曲，還是否有需要繼續出版下去呢？繼續寫下去的話，其實有沒有人還會繼續支持？有沒有人想繼續讀下去呢？

　　但這些問題，有時都輪不到我慢慢細想、猜疑，畢竟，自己心底寫作的慾望猶在，而寫詩這回事，對我來說，好像是生命中必須要完成之事，我不想貿貿然就停下來，讓人生變成蒼白一片。於是，沒猶豫多久，在出版第三本詩集過後，休息了一陣子，便又開始著力構思第四部詩集要走的方向。

　　但走下去，是很不容易的事！正如我在 2023 年台北首場讀詩分享會上，曾向與會者透露過，對我來說，詩集是越來越難寫了！2010 年時寫了第一本詩集後，我需沉澱、學習、摸索 7 年，才能寫成第二部詩集，再經過了三年，我才能完成「三部曲」，詩集，的確是越來越難寫。第四本，對一個追求改變的我來說，到底要怎麼寫，才能有一點不同呢？過程中，我摸索了很久很久。最後，我想寫一本直面自己內心，面向人性，同時面向世界的詩集，而非只如「三部曲」那樣，集中面向某些城市。

　　這幾年間，相信很多人的日子是越來越難過，過去的四年，全球性的動盪，不安，網絡世界的急速變化，再加上個人生活上

的巨變……，都讓人有一種極度喘不過氣的感覺。有時我真想找到一個寧靜角落，調整自己的呼吸；梳理自己的情緒，卻殊不簡單！再者，到底我要再寫一本怎麼的詩集這問題，到底我要怎樣才能突破自己等問題，想多了便不知不覺形成了一種巨大的心理壓力，像有一塊重石壓在我心頭之上，後來，好不容易我才可以說服自己，我該撇開外頭種種的成見，規限，貫徹一個最真實的我，最簡單最真摯的自己，也許這樣就夠好了！

關於我該寫一本較淺白的詩集，還是轉寫一本較艱澀抽象的詩集，的確，我曾有過不少掙扎！但後來，讀到台灣亮語老師提拔的孩子「亮孩」所寫的詩，我被他們的兩行詩感動了！而且我在他們身上學到很多很多，那些孩子真的很厲害！所以，大家看到詩集內很多詩都是受「亮孩」啟發而寫成的，讓我再次感謝台灣寫詩的孩子們！故其後，我還是決意多寫一部比較簡單、自然的詩集，因為我發現自己，還是比較喜歡乾淨，簡潔的文字，討厭矯揉造作的詩詞。所以，我想承襲第三部詩集的用字風格，再寫一部比較能夠貼近人心的詩集，希望藉著詩歌，能給一些有需要的人，帶來丁點的安慰。畢竟，世事已經過於複雜、難懂，我不想別人在讀詩時還要多添一層壓力，多添一層苦惱。這種想法未必得到很多人的認同，但至少這是出自我的真心想法，是好是壞，不過見仁見智吧了！

不過我該慶幸，我還有機會讓自己任性。眼見很多詩人，在這四年間已推出一、二新詩集了，而我呢，隔了四年，才再有新作面世。途中，不知已有多少人離散，不知已有多少讀者把我遺忘了？不過，後來從粉專的讀者留言裡得知，真的有人還在等

我，還在等我的新作，還在等我的新詩集，那邊溫暖的留言，常常給予我不少走下去的動力，在此，我想再次感謝每個曾予我鼓勵、支持的讀者朋友！

在這四年裡，相信很多人的日子，也過得不容易，能活下來，已很不簡單。這部詩集，是我這四年來一些生活記載，體驗分享，也有很多我喜歡的文字，歌詞截句等的分享，而更重要的是，我想向我最喜歡的歌手致敬，感謝她陪我走過人生的種種時光。而這本詩集內，我也曾向一些我喜歡的詩人、創作人等致敬。希望在我書寫自己的同時，也能同時替你們道出一些潛藏內心，難以對人宣示的心聲，而我最期望的是，在閱讀的過程中，你能找到點點的溫暖，讓詩陪伴你走過一些艱難的歲月！

寫詩兩個十年有多了，有時覺得自己好像已寫了很多詩，但有時又覺得自己好像做的未夠多，所以，今次我傾盡全力，一次過寫了兩三本詩集的份量，結合成一本出版。希望如果真的有人在苦苦等待的話，出來的結果，不會讓你太過失望，這樣就好了！

最後，我必須感謝兩位手寫朋友的幫忙，讓我可推出全球限量手寫紀念版詩集，這對我來說，是一種全新的挑戰和興奮！感謝一直在我身邊愛護我、照顧我的家人，朋友！而最後必須要感謝的是我的出版社——斑馬線文庫，集中賣詩集的出版社生意難做，但她們還是盡力配合我的想法，儘管我的想法有一點瘋狂。希望大家支持詩集的同時，也會多多支持在背後默默耕耘的出版社！

關於創作，其實還有很多東西想要跟大家分享，但篇幅有

限，不能在此說得太多，如有機會，再跟大家分享寫詩當中的種種軼事。完成了這趟旅程以後，不知幾多年之後，我們再見吧！

藍朗

25.4.2024

國家圖書館出版品預行編目（CIP）資料

來我心聽聽暴雪降下的聲音 / 藍朗著 . -- 初版 . -- 新北
　市 : 斑馬線出版社 , 2024.05
　　面 ; 　公分

　　ISBN 978-626-98630-0-6（平裝）

851.487　　　　　　　　　　　　　113006209

來我心聽聽暴雪降下的聲音

作　　者：藍　朗
總 編 輯：施榮華
封面繪圖：林豪鏘
封面設計：余佩蓁

發 行 人：張仰賢
社　　長：許　赫
副 社 長：龍　青
總　　監：王紅林
出 版 者：斑馬線文庫有限公司
法律顧問：林仟雯律師

斑馬線文庫
通訊地址：234 新北市永和區民光街 20 巷 7 號 1 樓
連絡電話：0922542983

製版印刷：龍虎電腦排版股份有限公司
出版日期：2024 年 5 月
ISBN：978-626-98630-0-6
定　　價：440 元

終於，你看到了

世間的某些真相⋯⋯